Laura Lacámara

Floating on Mama's Song
Flotando en la canción de mamá

Illustrated by/ Ilustrado por Yuyi Morales

Katherine Tegen Books
An Imprint of HarperCollins Publishers

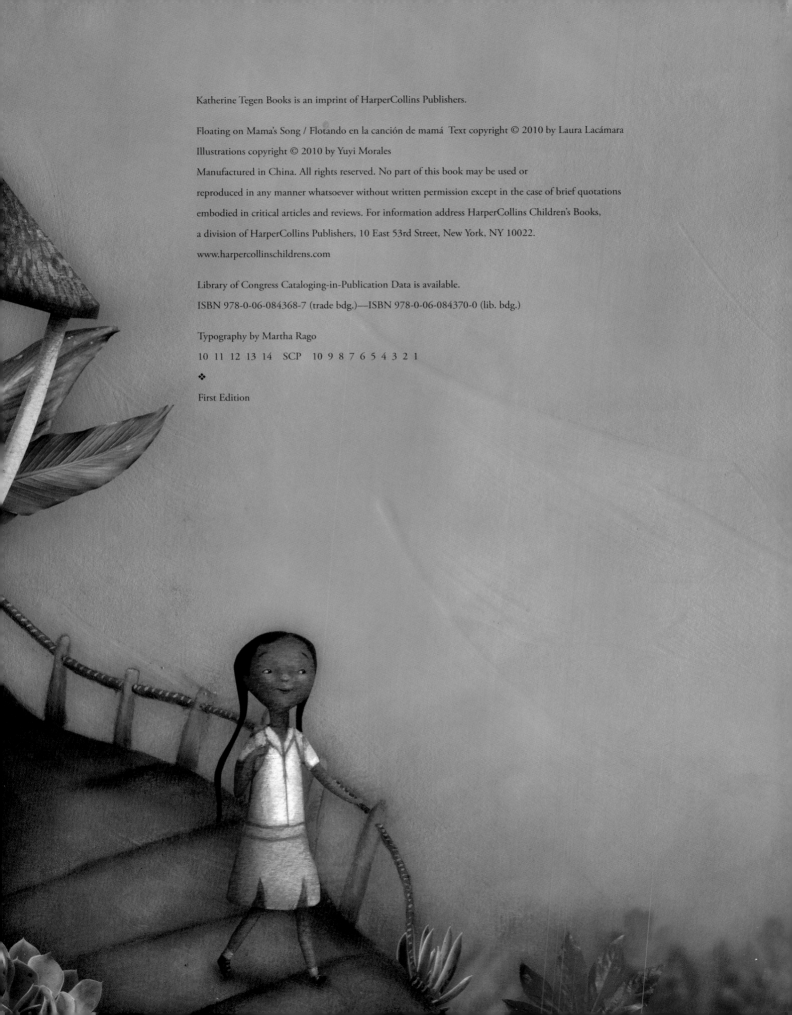

Katherine Tegen Books is an imprint of HarperCollins Publishers.

Floating on Mama's Song / Flotando en la canción de mamá Text copyright © 2010 by Laura Lacámara
Illustrations copyright © 2010 by Yuyi Morales

Library of Congress Cataloging-in-Publication Data is available.
ISBN 978-0-06-084368-7 (trade bdg.)—ISBN 978-0-06-084370-0 (lib. bdg.)

Typography by Martha Rago
10 11 12 13 14   SCP   10 9 8 7 6 5 4 3 2 1
❖
First Edition

To my beautiful mother, Adria,
whose love makes my heart sing
—L.L.

To Socks, who helped us raise our son
(yes, it is true)

—Y.M.

My mama loves to sing. Her singing was always a happy part of everyday life. But everything changed the day after my seventh birthday.

⊙⌇⊙⌇⊙⌇⊙

A mamá le encanta cantar. Su canto siempre ha sido una ocación de alegria cotidiana en nuestra vida. Pero todo cambió el día después que cumplí siete años.

When I got home from school that day, the delicious smell of fried plantains and black beans hung in the air. Mama was singing a song from *Carmen*, her favorite opera. When I ran into the kitchen, I froze.

Mama was floating in the air! Outside, our dog, Tito, was floating above the ground, too!

〰️〰️

Ese día, cuando llegué de la escuela, noté el delicioso aroma de plátano frito y frijoles negros. Mamá estaba cantando un aria de "Carmen", su opera favorita. Cuando entré a la cocina, quedé fría.

¡Mamá estaba flotando en el aire! Afuera, nuestro perro Tito ¡también estaba flotando!

Mama stopped singing and landed with a thump. *Boom*—Tito fell!

"Mama, you and Tito were flying!" I squealed.

"It's been happening all day, Anita, every time I sing! Singing makes me so happy. I guess Tito likes it, too." We laughed as she hugged me.

I wondered if my grandma knew about the amazing thing that happens when Mama sings? Or Orlando, my little brother?

Mamá paró de cantar y se cayó al piso.

¡Pum! ¡Se cayó Tito!

—¡Mamá, Tito y tú estaban volando! —grité.

—¡Pasa cada vez que canto, Anita! Cantar me hace muy feliz. Parece que a Tito le gusta también—. Mamá me abrazó y nos reímos.

Entonces pensé: ¿Sabrá mi abuelita las maravillas que pasan cuando mamá canta? ¿Y qué tal mi hermanito Orlando?

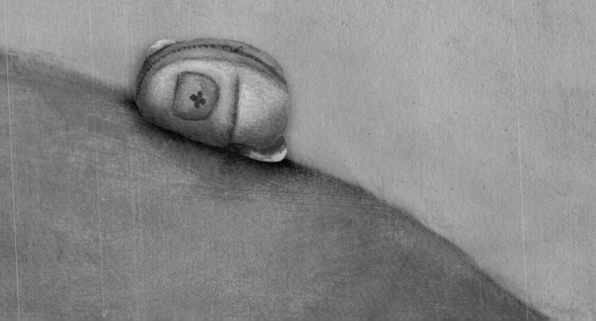

The next day, when Grandma came over for lunch, Mama was singing.

Suddenly I was halfway to the ceiling, feeling a giggle in my belly, as Mama's voice rose like a golden staircase. Mama held Orlando's hand as their feet swayed above the floor.

⊙⌇⌇⌇⌇⊙

Al día siguiente, cuando abuelita vino a almorzar, mamá estaba cantando.

De repente, sintiendo una risita retozona, me elevé casi hasta el techo, mientras la voz de mamá subía como una escalera de oro. Mamá sujetaba la mano de Orlando, mientras los dos mecían los pies en el aire.

"My cow isn't giving milk!"
—¡Mi vaca no está dando leche!

"My pig isn't eating!"
—¡Mi cochino no está comiendo!

"My goat isn't sleeping!"
—¡Mi chivo no está durmiendo!

"I'm sorry about your animals, but I promised I wouldn't sing," said Mama, and the three ladies went home.

❦❦❦

—Siento lo que le pasa a sus animales, pero prometí que nunca volvería a cantar —dijo mamá, y las tres señoras regresaron a sus casas.

"Mama!" I shouted. "I have a surprise for you!" I handed her the photo.
Mama's eyes opened wide. "I remember when this picture was taken. The mangos were ripe and music was in the air. You know, Anita, when I was your age, your grandma used to sing, too. I can almost hear her voice now. I miss those happy times!"

I turned and saw Grandma.

ꙩꙩꙩ

—¡Mamá! —grité—. ¡Tengo una sorpresa para ti!—. Le enseñé la foto.
Mamá abrió sus ojos, sorprendida. —Recuerdo cuando nos tomaron esta foto. Los mangos estaban maduros y se oía música por todos lados. ¿Anita, sabes que tu abuelita también cantaba cuando yo era niña como tú? ¡Me parece oír su voz todavía. Como extraño esos tiempos felices.

Di la vuelta y vi a mi abuelita.

"Look at this picture!" I said. "What happened that day?"

⟳⟳⟳ ⟳ ⟳⟳⟳

— ¡Mire esta foto! —le dije. —¿Qué pasó ese día?

"How could I forget?" Grandma said.
"The cow got stuck high up in the mango tree.
I was afraid the neighbors would find out it was
my fault. So I never sang again. My heart is a bitter
grapefruit." Grandma turned to Mama. "All the women
in our family sing. And each is granted the gift of floating
when her first-born daughter turns seven. I was foolish,
Isabel. I don't want you and Anita to be like me."

⊙⊙⊙⊙

— ¿Cómo me podría olvidar? —dijo abuelita. —La vaca se atascó
en lo alto del árbol de mango. Tenía temor de que los vecinos se
enteraran que había sido mi culpa. Por eso, jamás volví a cantar. Mi
corazón es una toronja agria. —Abuelita se viró hacia mamá—. Todas
las mujeres en nuestra familia cantan. Y a cada una se le concede el
regalo de flotar cuando su primojenita cumple siete años. He
sido tonta, Isabel. Yo no quiero que Anita y tu sean como yo.

I wanted Grandma to be happy again. I began to sing. My silly tune made Grandma smile. Grandma started humming, and then, in a rusty voice, she started to sing. Her voice became sweeter as we both rose from the ground.

Yo quería que mi abuelita se sintiera feliz otra vez. Empezé a cantar. Mi canción divertida hizo sonreír a mi abuelita. Ella empezo a tararear, y luego, con su voz ronca, empezo a cantar. Su voz se hizo más dulce mientras flotábamos en el aire.